KB248146

저자 | 김숙희 (@ar.storynote)

인테리어 디자이너이자 공간 연구자이다.
홍익대에서 실내설계 석사 과정을 마치고,
다양한 주거·상업·업무 공간을 설계하며
사람이 편안함을 느끼는 공간의 조건을 연구해 왔다.
그의 관심은 미적 완성도에 머물지 않고,
공간이 인간의 행동·감정·습관을 어떻게 변화시키는가에 있다.
이러한 관점은 정리, 수납, 동선, 루틴을 기반으로 한
실천적 공간 운영 방식으로 확장되고 있다.

최근에는 디자인 현장에서 얻은 인사이트를
전시 기획과 AI 기반 아트 작업으로 확장하며
공간·기억·기술이 교차하는 새로운 디자인 패러다임을 모색하고 있다.

저자가 만드는 디자인과 글, 그리고 작품은 결국 하나의 문장으로 귀결된다.
| "좋은 공간은 완벽함이 아니라, 삶을 지속할 힘을 만든다."

집 리셋 프로젝트

─ 따라만 하면 되는 쉬운 집정리 ─

CONTENTS

집 정리는 의지가 아닌 시스템의 문제입니다
– 디자이너로 살아오며 쌓여온 생각들 –

집은 사람이 하루를 버티고 돌아와 쉬는 곳입니다. 하지만 많은 사람들은 집에서 쉬기보다 치우는데 더 많은 에너지를 씁니다. 아무것도 하지 않았는데도 공간은 금세 흐트러지고, 주말마다 정리를 다짐해도 쉽게 유지되지 않습니다.

저는 다양한 집을 살피며 한 가지 공통점을 발견했습니다. 누구나 "편한 집"을 원하지만, 정리 기준과 시스템이 없기 때문에 어려움을 겪는다는 사실입니다.

집이 어지러운 이유는 성격이나 의지 때문이 아니라, 물건이 갈 곳을 모르는 구조 때문입니다. 그래서 좋은 인테리어나 비싼 가구보다 먼저 필요한 것은 정리의 기준과 반복 가능한 루틴입니다.

이 책은 복잡한 이론이나 어려운 철학을 다루지 않습니다. 대신, 누구나 바로 적용할 수 있는 간단한 기준과 작은 습관을 담았습니다. 집이 편해지는 원리, 공간이 달라지는 구조, 그리고 매일 5분으로 유지하는 방법을 소개합니다.

하루 5분, 한 가지씩만.

이 책을 읽으면 다음이 분명해집니다.
• 무엇을 남기고 무엇을 비워야 할지 기준이 생깁니다.
• 집이 왜 계속 어질러지는지 이유가 보입니다.
• 공간을 편하게 만드는 설계 방식이 이해됩니다.
• 정리가 더 이상 '큰일'이 아니라 '루틴'이 됩니다.

정리는 집을 바꾸는 일이 아니라, 삶의 방식을 조금씩 바로잡는 과정입니다. 작은 기준 하나가 집을, 그리고 하루의 리듬을 편안하게 만듭니다.

이 책이 그 작은 기준이 되어주길 바랍니다. 이제 당신의 집이 '편한 집'이 되는 여정을 함께 시작해 보겠습니다.

– 이 책의 사용법과 핵심 원칙 –

이 책의 사용법

이 책은 조금 다르게 읽어야 합니다. 소설처럼 처음부터 끝까지 한 번에 읽지 않아도 됩니다. 하루에 한 가지씩만 실천해 주세요.

목차를 보고 지금 가장 신경 쓰이는 공간부터 시작해도 괜찮습니다. 오늘 현관이 가장 거슬린다면 현관 챕터부터, 냉장고가 고민이라면 주방 챕터부터 읽어도 됩니다. 순서대로 읽어야 한다는 부담은 내려놓으세요.

또 한 가지, 완벽하게 따라 하려고 하지 않아도 됩니다. 80%만 실천해도 충분합니다. 중요한 건 한 번에 크게 바꾸는 것이 아니라, 매일 조금씩 나아지는 것입니다.

기억할 3가지

1. 완벽을 버리세요.

100% 완벽한 집을 하루 만드는 것보다, 80% 깔끔한 집을 365일 유지하는 편이 훨씬 낫습니다.

2. 비교하지 마세요.

중요한 건 남들이 어떻게 사느냐가 아니라,
그 집에서 당신이 편안한지입니다.

3. 실패해도 괜찮습니다.

오늘 못 했다면 내일 다시 하면 됩니다.
정리는 시험이 아니라 생활입니다.

이 책을 다 읽고 나서 "아, 좋은 내용이네. 다음 주말
에 해봐야지."라고 생각하지 마세요.

지금, 당장 아주 조금만 움직여 보세요. 책을 덮고 5
분만 투자해도 충분합니다. 현관 신발 세 켤레만 정리
해도 괜찮습니다. 그게 이 책의 시작이자, 당신의 집이
달라지기 시작하는 첫걸음입니다.

준비되셨나요? 이제, 당신의 속도대로 시작하면 됩니다.

PART 1

공간 정리는 마음 정리
- 1장. 왜 우리 집은 항상 어질러질까? -

"이번 주말에는 꼭 정리해야지."

매주 다짐하지만 월요일이 되면 집은 여전히 어질러져 있습니다. 책상 위에는 며칠 전 택배 상자가 그대로이고, 소파에는 벗어둔 옷이 쌓여있고, 싱크대에는 어젯밤 그릇이 그대로입니다.

"나는 왜 이렇게 게을러?" 스스로를 자책하기도 합니다. 하지만 여러분 잘못이 아닙니다. 혼자만 그런 게 아닙니다.

20년간 수많은 집을 방문하며 발견한 사실은, 대부분의 사람들이 같은 고민을 한다는 것입니다. 연봉 1억 넘는 전문직도, 정리를 직업으로 하는 저도, 처음엔 다들 어질러진 집에 살았습니다.

차이는 시스템이 있느냐 없느냐 뿐입니다. 성실함이나 의지의 문제가 아닙니다. 시스템의 문제입니다.

공간이 흐트러지는 3가지 이유

첫째, 물건의 "집"이 정해져 있지 않습니다

리모컨은 어디에 두시나요? "쓰다가 대충 아무 데나요." 이런 대답을 가장 많이 듣습니다. 물건마다 제자리가 없으면, 쓸 때마다 찾아 헤매고, 다 쓰고 나서도 아무 곳에나 놓게 됩니다.

실제 사례를 하나 소개하겠습니다. 30대 직장인 김*수 씨의 집을 방문했을 때였습니다. "리모컨이 맨날 없어져요"라는 그의 말에, 저는 거실을 둘러봤습니다. TV 옆, 소파 틈새, 식탁 위... 리모컨이 무려 세 곳에서 발견됐습니다. 하나도 아니고 세 개나요. 집에 리모컨이 3개나 있을 리 없는데, 왜 세 곳에서 나왔을까요? 가족 구성원마다 다른 곳에 두기 때문입니다.

문제는 리모컨이 아니었습니다. "리모컨을 두는 곳"이 정해지지 않은 것이 문제였죠. 그래서 우리는 소파 옆에 작은 바구니 하나를 놓고, "리모컨은 여기에"라고 정했습니다. 딱 하나의 규칙. 가족 모두가 지킬 수 있는 간단한 규칙. 그게 끝이었습니다. 한 달 뒤 김*수 씨는 이렇게 말했습니다.

이렇게 간단한 건데, 왜 진작 생각 못 했을까요? 이
제 리모컨 찾느라 소파 쿠션 들추는 일이 없어졌어요.
아내랑 싸우는 일도 줄었고요.

둘째, 동선이 불편합니다

퇴근 후 집에 들어올 때를 상상해 보세요. 현관문을
열고 → 신발을 벗고 → 가방을 어디엔가 내려놓고 →
외투를 벗어서... 어디에 두시나요? "의자 등받이요."
"소파에 던져요." "침대 위에 일단 올려놔요." 이런 대
답들을 많이 듣습니다.

왜 그럴까요? 외투를 옷장에 걸기까지의 동선이 너
무 길기 때문입니다. 현관에서 옷장까지는 거실을 지
나, 복도를 지나, 침실 문을 열고 들어가야 합니다. 그
긴 여정을 피곤한 몸으로 하기엔 너무 멉니다.

정리는 의지의 문제가 아닙니다. 편한 동선을 만들
어주지 않으면, 아무리 성실한 사람도 흐트러뜨릴 수
밖에 없습니다. 동선은 강물처럼 흘러야 합니다. 물
이 자연스럽게 아래로 흐르듯이, 우리 몸도 자연스럽
게 움직일 수 있어야 합니다. 그래야 정리가 습관이

됩니다.

50대 주부 박*정 씨의 집은 전형적인 예였습니다. 현관에서 침실까지 가려면 거실, 주방을 거쳐야 했고, 그 과정에서 외투를 걸 만한 곳이 없었습니다. 그래서 외투는 언제나 소파에 던져졌죠.

우리는 현관 바로 옆 벽에 후크 3개를 달았습니다. 다이소에서 산 3,000원짜리 후크 3개. 그게 전부였습니다. 이제 박*정 씨는 집에 들어오자마자 외투를 후크에 걸고, 가방도 그 아래에 둡니다. 동선이 2미터 줄어들었고, 소파는 언제나 깔끔합니다. 3,000원의 마법입니다.

셋째, 보이지 않는 공간에 물건을 숨겨두었습니다

서랍 속, 옷장 깊숙한 곳, 침대 밑... 당장 눈에 안 보이니까 일단 쑤셔 넣습니다. 그러다 보면 무엇이 어디 있는지 모르게 되고, 같은 물건을 또 사게 됩니다. 어느 날 정리를 하다 보면 똑같은 볼펜이 10개, 테이프가 5개, 가위가 3개씩 나오는 이유입니다. "이게 여기 있었어?" 하면서요.

40대 주부 박*정 씨는 이렇게 말했습니다.

정리할 때마다 같은 물건이 여러 개씩 나와요. 칫솔 10개, 치약 7개, 샴푸 6개... 안 보이니까 있는 줄 모르고 또 샀더라고요. 작년에 계산해 봤는데 중복 구매로 30만 원은 날린 것 같아요.

숨겨둔 물건은 없는 물건입니다. 없으니까 또 사고, 또 쌓이고, 악순환이 반복됩니다. 물건은 늘어나고, 공간은 좁아지고, 스트레스는 커집니다.

해결책은 간단합니다. 투명하게 만드세요. 투명 상자를 쓰거나, 라벨을 붙이거나, 아예 보이는 곳에 두세요. 한눈에 보이면 중복 구매가 사라집니다.

정리와 인테리어의 차이

많은 분들이 착각하시는 것이 있습니다. "인테리어를 새로 하면 집이 깔끔해지겠지"라는 생각입니다. 하지만 아닙니다. 인테리어는 공간의 겉모습을 바꾸는 것입니다. 벽지를 바꾸고, 가구를 새로 들이고, 조명을 바꾸는 일이죠. 비용은 수백만 원에서 수천만 원까지 듭니다. 시간은 몇 주에서 몇 달이 걸립니다.

반면 정리는 생활 방식을 바꾸는 것입니다. 어떻게 살 것인가, 무엇을 중요하게 여길 것인가에 대한 고민입니다. 비용은 0원에서 몇만 원입니다. 시간은 하루 5분이면 충분합니다. 수천만 원을 들여 인테리어를 해도, 생활 습관이 바뀌지 않으면 한 달 뒤면 다시 어질러집니다. 새 가구는 빠르게 낡아 보이고, 깔끔했던 벽은 금세 흔적투성이가 됩니다.

반대로 단 하루 만에 정리 원칙을 세우면, 평생 깔끔한 공간을 유지할 수 있습니다. 비용은 거의 들지 않지만, 효과는 평생 갑니다. 제가 만난 어느 30평대 아파트 주인은 이렇게 말했습니다.

예전엔 넓은 집으로 이사 가면 정리될 줄 알았어요. 그런데 넓은 집은 어질러질 공간만 더 넓어지더라고요. 20평에서 30평으로 이사 왔지만, 집은 여전히 어질러져 있었어요. 그때 깨달았죠. 문제는 공간이 아니라 나였구나.

공간은 넓이의 문제가 아닙니다. 시스템의 문제입니다.

지금부터 그 시스템을 만드는 방법을 알려드리겠습니다.

공간이 우리에게 미치는 심리적 영향

혹시 집에 들어서는 순간 "휴..." 하고 한숨이 나온 적 있으신가요? 어질러진 책상을 보고 "아, 정리해야 하는데" 생각한 적은요? 어질러진 집은 우리를 지치게 만듭니다.

뇌과학 연구에 따르면, 어수선한 환경은 우리의 집중력을 분산시키고, 스트레스 호르몬인 코르티솔 수치를 높인다고 합니다. 눈에 들어오는 모든 물건이 "나를 정리해 줘", "나를 치워줘"라고 말하는 것처럼 느껴지기 때문입니다. 우리 뇌는 끊임없이 "저거 치워야 해, 저거도 치워야 해"라고 속삭입니다. 그게 쌓이면 피로가 됩니다.

반대로 정돈된 공간은 마음의 여유를 만듭니다. 프린스턴 대학교 신경과학 연구소의 연구에 따르면, 정리된 환경에서 사람들의 생산성이 평균 20% 증가했다고 합니다. 시각적 자극이 줄어들면서 뇌가 한 가지에 집중할 수 있게 되는 거죠. 집중력이 올라가고, 창

의력이 높아지고, 스트레스가 줄어듭니다.

40대 워킹맘 김*진 씨의 증언입니다.

예전에는 퇴근하면 집이 전쟁터 같았어요. 여기저기 흩어진 물건들 보면서 "또 정리해야 하나..." 싶어서 주말만 기다렸죠. 토요일 오후 3시간씩 정리하고, 일요일엔 지쳐서 쉬고... 그런데 정리 시스템을 만들고 나니까, 집에 오는 게 편해졌어요. 물건마다 자리가 있으니까 애들도 스스로 치우고, 저도 5분이면 리셋이 되더라고요. 집이 쉼터가 된 느낌이에요.

집은 단순히 잠만 자는 공간이 아닙니다. 하루 중 가장 긴 시간을 보내는 곳이고, 재충전하는 곳입니다. 그 공간이 편안하지 않다면, 우리의 삶도 편안할 수 없습니다.

작은 변화가 만드는 큰 차이

좋은 소식이 있습니다. 집 전체를 한 번에 바꿀 필요가 없다는 것입니다. 작은 공간 하나만 바꿔도 삶의 질이 달라집니다. 저는 이것을 "도미노 효과"라고 부릅니다. 현관이 깔끔해지면 거실도 깔끔해지고 싶어집니다. 거실이 깔끔해지면 주방도 자연스럽게 따라옵니다. 주방이 깔끔해지면 침실도 정리하고 싶어집니다.

한 곳이 바뀌면, 다른 곳도 따라 바뀝니다. 그게 도미노 효과입니다.

현관만 정리해도

· 출근할 때 신발, 열쇠, 가방을 찾느라 허둥대지 않습니다
· 집에 돌아왔을 때 "집에 왔구나" 하는 안정감이 생깁니다
· 현관이 깔끔하면 집 전체가 깔끔해 보입니다
· 손님이 왔을 때 부끄럽지 않습니다

책상 한 칸만 정리해도

· 일의 효율이 20% 이상 올라갑니다
· 급한 서류를 찾느라 스트레스 받는 일이 줄어듭니다
· 일하거나 공부하고 싶은 마음이 생깁니다
· 업무 시작 전 정리하는 시간이 절약됩니다

침대 주변만 정리해도

· 수면의 질이 좋아집니다

· 아침에 일어날 때 기분이 상쾌합니다

· 잠들기 전 마음이 편안해집니다

30대 프리랜서 정*윤 씨의 이야기입니다.

책상 한 칸만 정리했는데, 신기하게도 일이 잘 풀리더라고요. 예전엔 책상 앞에 앉으면 "정리부터 해야하나..."는 생각에 일을 미뤘어요. 지금은 앉자마자 바로 시작할 수 있어요. 그것만으로도 하루 30분은 절약되는 것 같아요.

저는 클라이언트들에게 항상 이렇게 말합니다.

**오늘 딱 한 곳만 바꿔보세요.
내일 아침 그 차이를 느낄 겁니다.**

실제로 많은 분들이 현관 신발장 하나를 정리한 뒤이렇게 말합니다. "이렇게 간단한 건데, 왜 진작 안 했을까요?"

정리는 거창한 것이 아닙니다. 완벽을 추구할 필요도 없습니다. 집 전체를 한 번에 바꿀 필요도 없습니다. 오늘 하루 5분, 내가 가장 자주 사용하는 공간 한 곳. 여기서부터 시작하면 됩니다. 그것이 도미노의 첫 번째 조각입니다. 첫 번째 조각이 넘어지면, 나머지도 자연스럽게 따라 넘어집니다.

다음 PART에서는 구체적으로 어떻게 정리하는지, 따라만 하면 되는 5단계 정리법을 알려드리겠습니다. 복잡한 이론 없이, 지금 당장 실천할 수 있는 방법들입니다.

준비되셨나요? 그럼 본격적으로 시작해 볼까요.

PART 2

따라하기만 하면 되는 5단계 정리법

이제 본격적으로 정리를 시작할 차례입니다. 이 PART는 이 책의 핵심입니다. 천천히, 하나씩 따라 해 보세요. 한 번에 다 하려고 하지 마세요. 오늘은 1단계 만, 내일은 2단계만 해도 충분합니다.

5단계는 다음과 같습니다: 버리기 → 분류하기 → 수납하기 → 동선 만들기 → 분위기 더하기

– 1장. 1단계: 버리기 (하루 5분) –

정리의 시작은 버리기입니다. 아무리 좋은 수납함을 사도, 아무리 넓은 집으로 이사 가도, 물건이 많으면 다 시 어질러집니다.

하지만 걱정하지 마세요. 한 번에 다 버리라는 게 아 닙니다. 하루 5분, 딱 한 곳만 해보는 겁니다.

"혹시 몰라" 증후군 벗어나기

"혹시 나중에 쓸지도 몰라." "언젠가는 필요할 수도 있잖아." 버리려고 할 때마다 이런 생각이 드시나요? 정상입니다. 저도 그랬고, 제 클라이언트들도 모두 그랬습니다.

하지만 진실을 말씀드리겠습니다. "혹시 몰라"는 거의 오지 않습니다. 통계적으로 봤을 때, 1년간 사용하지 않은 물건은 앞으로도 99% 사용하지 않습니다. "언젠가"는 평생 오지 않는 미래입니다. "언젠가 입을 옷", "언젠가 읽을 책", "언젠가 쓸 물건"... 그 "언젠가"는 오지 않습니다.

한 가지 질문을 해보세요. "만약 이게 없어졌는데 정말 필요하다면, 다시 살까?" 대답이 "아니오"라면? 지금도 필요 없는 물건입니다.

1년 안 쓴 물건 판단법 – 3초 판단법

버릴지 말지 고민될 때 사용하는 3초 판단법입니다. 각 질문에 3초 안에 답하세요. 오래 고민하면 못 버립니다.

· 1초: 언제 마지막으로 사용했나?

→ 1년 이상이면 다음 질문으로

· 2초: 이게 없으면 생활에 불편함이 있나?

→ 아니오라면 다음 질문으로

· 3초: 이거랑 똑같은 걸 또 살까? → 아니오라면 버리기

이 3가지 질문에 모두 "아니오"라면, 주저 없이 버려도 됩니다. 1년간 사용하지 않았고, 없어도 불편하지 않고, 다시 살 생각도 없다면? 그건 여러분 삶에 필요 없는 물건입니다.

실전 예시: 옷장 정리

이제 실제로 해볼까요? 오늘은 옷장 한 칸만 해봅시다. 전체 옷장을 한 번에 하려고 하지 마세요. 딱 한 칸만.

준비물

· 큰 비닐봉투 2개 (버릴 것 / 기부할 것)

· 타이머 (스마트폰 알람)

· 5분의 시간

진행 순서

Step 1: 옷장 한 칸을 선택합니다 (10초)
– 상의, 하의, 속옷... 그중 딱 한 칸만

Step 2: 타이머를 5분으로 맞춥니다 (5초)

Step 3: 옷을 하나씩 꺼내며 질문합니다 (4분)
– "1년 안에 입었나?" "이게 없으면 불편할까?"

Step 4: 3가지 더미로 분류합니다 (30초)
– 보관 / 기부 / 버리기

Step 5: 버릴 것은 즉시 집 밖으로 (15초)
– 고민하지 말고, 지금 당장 현관 밖에 두세요

첫날 후기

달랑 5분 했는데 옷이 10벌 나왔어요!
– 실제 참가자 박*지 씨(32세)

처음엔 아무것도 안 될 것 같죠? 하지만 5분을 모아
보세요.

- 월요일: 상의 한 칸 (5분)

- 화요일: 하의 한 칸 (5분)

- 수요일: 속옷 서랍 (5분)

- 목요일: 가방 정리 (5분)

- 금요일: 신발장 (5분)

일주일이면 옷장 전체가 정리됩니다. 총 25분 투자로 말이죠.

많은 분들이 이렇게 말합니다. "5분으로 뭐가 되겠어?" 하지만 5분이 모이면 엄청난 변화를 만듭니다. 하루 5분 × 30일 = 150분 (2.5시간). 한 달이면 집 전체를 정리할 수 있습니다.

– 2장. 2단계: 분류하기 (하루 10분) –

버리기가 끝났다면, 이제 남은 물건들을 정리할 차례입니다. 핵심은 "얼마나 자주 사용하는가"입니다. 물건을 잘 분류하는 것만으로도 정리의 70%는 끝납니다.

사용 빈도별 3단계 분류법

세상의 모든 물건은 3가지로 나뉩니다. 자주 쓰는 것, 가끔 쓰는 것, 거의 안 쓰는 것. 이 원칙만 기억하세요.

레벨 1: 매일 사용 (골든존에 배치)

· 매일 쓰는 물건들

· 예: 리모컨, 휴대폰 충전기, 수저, 컵, 자주 입는 옷

· 배치: 손만 뻗으면 닿는 곳 (허리~눈높이)

레벨 2: 가끔 사용 (보조 공간에 배치)

· 주 1~2회 정도 사용

· 예: 청소도구, 여분의 수건, 계절 소품

· 배치: 한 걸음만 가면 닿는 곳 (무릎 아래 또는 눈 위)

레벨 3: 거의 안 씀 (창고형 공간에 배치)

· 연 1~2회 또는 비상용

· 예: 캠핑 용품, 계절 가전, 추억의 물건

· 배치: 다락, 창고, 침대 밑, 옷장 맨 위칸

이 원칙만 지켜도, 찾는 시간이 80% 줄어듭니다. 자주 쓰는 건 가까이, 안 쓰는 건 멀리. 이것만 기억하세요.

공간별 물건 배치 원칙

같은 종류의 물건이라도, 어디에 두느냐에 따라 편함이 달라집니다.

현관

레벨 1: 매일 신는 신발 2~3켤레만 (현관 바닥)

레벨 2: 가방 거는 곳, 우산 (벽 후크)

레벨 3: 계절 신발 (신발장 깊숙이)

주방

레벨 1: 매일 쓰는 그릇, 수저, 컵 (손 닿는 곳)

레벨 2: 냄비, 프라이팬 (싱크대 아래)

레벨 3: 손님용 그릇 (위쪽 선반)

거실

레벨 1: TV 리모컨, 휴대폰 충전기 (소파 옆 바구니)

레벨 2: 책, 잡지 (선반)

레벨 3: 시즌 소품, 앨범 (수납장 안)

침실

레벨 1: 내일 입을 옷, 잠옷 (의자나 옷걸이)

레벨 2: 이번 주 입을 옷 (옷장 앞쪽)

레벨 3: 계절 옷, 코트 (옷장 깊숙이)

분류는 복잡해 보이지만, 실제로는 매우 간단합니다.

자주 쓰는 것 = 가까이 / 안 쓰는 것 = 멀리

이것만 기억하세요. 이 원칙만 지키면, 집은 자동으로 정리됩니다.

- 3장. 3단계: 수납하기 (하루 15분) -

버리고, 분류했으면 이제 수납할 차례입니다. 좋은

소식은, 수납용품에 돈을 많이 쓸 필요가 없다는 것입니다.

골든존 활용법

골든존이란 서서 팔을 뻗었을 때, 허리부터 눈높이까지의 공간입니다. 인체공학적으로 가장 접근하기 쉬운 구역이죠. 이 공간을 어떻게 쓰느냐에 따라 생활의 편리함이 결정됩니다.

골든존에 두어야 할 것

· 매일 사용하는 물건

· 급할 때 필요한 물건

· 자주 찾는 서류

골든존에 두면 안 되는 것

· 장식품 (보는 용도일 뿐)

· 거의 안 보는 책 (1년에 한 번 볼까 말까)

· "언젠가 쓸지도" 하는 것들 (99% 안 씀)

1,000원샵으로 만드는 스마트 수납

비싼 수납용품을 살 필요 없습니다. 다이소, 이케아, 1,000원샵이면 충분합니다. 중요한 건 가격이 아니라 시스템입니다.

추천 아이템 TOP 5

· 투명 서랍칸 정리함 (1,000~3,000원)
– 서랍 속 작은 물건 분류. 뭐가 있는지 한눈에 보임

· 파일박스 (1,000~2,000원)
– 세로로 세우면 공간 50% 절약. 책, 서류 정리에 최고

· 바구니 (2,000~5,000원)
– 자주 쓰는 물건 모아두기. 리모컨, 충전기 등

· S자 후크 (1,000원에 10개)
– 걸 수 있는 건 다 걸기. 공간 활용 200% 상승

· 라벨 스티커 (1,000원)
– 가족 모두가 제자리에 두게 됩니다. 마법의 아이템

총 투자 비용: 1만 원 이하

1만 원으로 집 전체를 정리할 수 있습니다. 수백만 원짜리 인테리어보다 효과적입니다.

보이는 수납 vs 감추는 수납

많은 분들이 고민하는 부분입니다. 모든 걸 보이게 둘까, 감출까? 정답은 "황금 비율"입니다.

황금 비율: 7:3

- 70%는 감추는 수납 (문 있는 수납장, 서랍)
- 30%는 보이는 수납 (오픈 선반, 바구니)

이 비율을 지키면 집이 깔끔하면서도 생활하기 편합니다. 자주 쓰는 것만 보이게 두고, 나머지는 감추세요.

보이는 수납이 너무 많으면? 시각적으로 복잡해 보입니다. 감추는 수납이 너무 많으면? 뭐가 어디 있는지 모릅니다. 7:3 비율이 정답입니다.

- 4장. 4단계: 동선 만들기 (하루 20분) -

아무리 잘 정리해도, 동선이 불편하면 다시 어질러집니다. 동선은 강물처럼 자연스럽게 흘러야 합니다.

우리 집 동선 체크리스트

현관 → 거실

□ 외투를 벗자마자 걸 수 있는 곳이 있나요?

□ 신발을 벗고 2걸음 안에 신발장이 있나요?

□ 가방을 내려놓을 곳이 동선상에 있나요?

체크가 안 된 항목이 있다면? 그곳이 바로 개선 포인트입니다.

가구 배치만 바꿔도 넓어지는 집

가구를 새로 살 필요 없습니다. 기존 가구의 위치만 바꿔도 집이 넓어집니다.

원칙 1: 동선을 가로막지 마세요
– 신발장을 옆으로 빼는 것만으로도 동선이 트입니다

원칙 2: 가구는 벽에 붙이세요
– 소파를 벽에 딱 붙이면 그 공간을
다른 곳에 활용할 수 있습니다

원칙 3: 동선 폭은 최소 70cm
– 사람이 편하게 지나다니려면 최소 70cm가 필요합니다

이 3가지 원칙만 지켜도, 집이 최소 20% 넓어 보입니다. 실제로 넓어지는 건 아니지만, 넓어 보입니다. 그게 중요합니다.

– 5장. 5단계: 분위기 더하기 (하루 30분) –

정리가 끝났다면, 이제 마지막 단계입니다. 작은 소품으로 분위기를 더하는 것이죠. 이 단계는 선택사항입니다. 하지만 하면 정말 좋습니다.

조명 하나로 달라지는 공간

공간의 분위기 70%는 조명이 결정합니다. 천장의 밝은 형광등 하나만 켜고 사시나요? 그러면 집이 사무실처럼 느껴집니다.

조명의 3층 구조

· 1층: 천장 조명 – 전체를 밝히는 용도, 밝기 80% 정도만
· 2층: 중간 조명 – 스탠드, 벽등. 이게 분위기를 만듭니다
· 3층: 간접 조명 – 무드등. 은은하게 분위기 내는 용도

비용? 스탠드 하나면 2만 원이면 충분합니다. 이케아, 다이소에 좋은 제품이 많습니다.

식물, 소품 배치의 3원칙

현관 → 거실

원칙 1: 홀수의 법칙
- 소품은 1개, 3개, 5개처럼 홀수로 배치.
짝수보다 자연스러워 보입니다

원칙 2: 삼각형 구도
- 높낮이를 다르게. 안정감이 생깁니다

원칙 3: 빈 공간 50%
- 절반은 비워두는 게 오히려 세련돼 보입니다

5단계가 끝났습니다. 축하합니다! 이제 여러분은 정리의 기본을 마스터했습니다.

다음 PART에서는 각 공간별로 구체적인 정리 방법을 알려드리겠습니다.

PART 3

공간별 실전 솔루션

이제 본격적으로 집의 각 공간을 정리해 볼 차례입니다. 현관, 거실, 주방, 침실... 각 공간마다 특성에 맞는 정리 방법이 있습니다. 하루에 한 공간씩만 해보세요.

– 1장. 현관: 집의 첫인상 바꾸기 –

현관은 집의 얼굴입니다. 퇴근 후 집에 들어서는 순간, 현관이 어떤 모습이냐에 따라 하루의 마무리가 달라집니다.

신발장 정리 3분 완성

Step 1: 신발 전부 꺼내기 (30초)
– 보이는 신발을 전부 현관 바닥에 늘어놓습니다

Step 2: 3가지로 분류 (1분 30초)
– 매일 신는 / 가끔 신는 / 거의 안 신는

Step 3: 다시 넣기 (1분)
– 현관에는 매일 신는 2~3켤레만

법칙: 한 켤레 사면 한 켤레 버리기

좁은 현관 활용 팁

해결책 1: 벽면 활용 – 문 옆 벽에 후크 설치 (3,000원)

해결책 2: 신발 세로 수납 – 공간 50% 절약

해결책 3: 현관 의자 활용
– 앉을 수도 있고, 아래는 수납공간

– 2장. 거실: 가족이 모이는 공간 –

거실은 집에서 가장 많은 시간을 보내는 곳입니다.
TV 보고, 대화하고, 쉬고, 때로는 일도 합니다. 그래서
가장 빨리 어질러지는 곳이기도 하죠.

리모컨 분실 방지법

해결책: 리모컨 집 만들기

· 작은 바구니 준비 (2,000원)

· 소파 옆 테이블에 고정

· 가족 규칙: 쓰고 나면 바구니에

단순하지만 효과는 엄청납니다. 30대 주부 최*진 씨의 증언: "예전엔 리모컨 찾느라 하루에 5번씩 소파 쿠션 들추고 난리였어요. 바구니 하나 놓으니까 그런 일이 싹 사라졌어요."

거실 10분 리셋 루틴

매일 자기 전 10분만 투자하세요.

☐ 소파 위 옷 → 침실로

☐ 식탁 위 물건 → 제자리로

☐ 리모컨 → 바구니에

☐ 쿠션 → 가지런히

☐ 바닥 물건 → 들어올리기

10분이면 충분합니다. 매일 하면 주말에 3시간씩 정리할 필요가 없습니다.

– 3장. 주방: 요리가 즐거워지는 공간 –

주방이 어질러져 있으면 요리하기 싫어집니다. 반대로 주방이 깔끔하면 요리가 즐거워집니다.

싱크대 위 vs 아래, 무엇을 둘까?

주방 정리의 핵심은 사용 빈도 + 물기입니다.

싱크대 위 (상부장)

· 두면 좋은 것: 자주 쓰는 그릇, 컵, 라면, 파스타, 조미료

· 두면 안 되는 것: 무거운 냄비, 자주 안 쓰는 그릇

싱크대 아래 (하부장)

· 두면 좋은 것: 냄비, 프라이팬, 청소도구, 쓰레기통

· 두면 안 되는 것: 식품 (습기 차서 상할 수 있음),
자주 쓰는 접시

냉장고 정리의 황금 법칙

냉장고는 주방 정리의 꽃입니다.

3층 배치 원칙

· 1층 (맨 아래 칸): 채소, 과일 (가장 온도가 낮음)

· 2층 (중간 칸): 반찬통, 밀폐용기 (눈높이라 확인하기 쉬움)

· 3층 (맨 위 칸): 음료, 우유, 계란 (온도 변화 적음)

· 문: 소스, 잼, 케첩 (온도 변화 있어도 괜찮은 것)

냉장고 정리 3원칙

· 앞은 유통기한 짧은 것 – 오늘 내일 먹을 것은 앞쪽

· 투명 용기 사용 – 뭐가 들었는지 한눈에

· 70%만 채우기 – 공간 여유 = 냉기 순환 = 전기세 절약

– 4장. 침실: 숙면을 위한 공간 –

침실은 쉬는 공간입니다. 자극적인 것은 최소화하고, 편안함을 최대화해야 합니다.

침대 주변 3무 원칙

· 1무: 전자기기 없음 – 노트북, 태블릿, TV는 치우세요

· 2무: 일하는 물건 없음
– 서류, 업무용 파일, 공부 자료는 치우세요

· 3무: 복잡한 소품 없음 – 쿠션 2개, 소품 1~2개가 적당

불면증으로 고생하던 직장인 이*호 씨(34세)는 침대 주변만 정리한 뒤 이렇게 말했습니다.

예전엔 잠들기까지 1시간씩 걸렸는데, 지금은 10분이면 잡니다. 침대를 침대로만 쓰니까 몸이 알아서 반응하더라고요.

옷장이 작을 때의 해결법

80:20 법칙

우리는 옷의 20%만 80% 시간 동안 입습니다. 나머지 80% 옷은 거의 입지 않습니다.

해결책: 캡슐 옷장

계절마다 핵심 아이템 20~30벌만 남기세요.

흰색/검정 티셔츠 각 3장, 청바지 2벌, 반바지 2벌,

원피스 3벌, 신발 3켤레면 충분합니다.

PART 4

지속 가능한 공간 만들기
- 1장. 한 달에 한 번, 리셋 루틴 -

정리를 한 번 했다고 끝이 아닙니다. 생활하다 보면 다시 어질러지는 게 당연합니다. 중요한 건 "다시 정리하는 시스템"을 만드는 것입니다.

매달 마지막 주 일요일, 딱 1시간만 투자하세요.

월별 정리 체크리스트

·10분: 현관
– 신발장 정리 / 신발 먼지 털기 / 현관 바닥 청소

·15분: 거실
– 소파 밑 먼지 청소 / 식물 물주기 / 선반 먼지 닦기

·20분: 주방
– 냉장고 유통기한 체크 / 싱크대 아래 정리
/ 행주, 수세미 교체

·10분: 침실 – 옷장 정리 / 침구 세탁 / 창문 청소

·5분: 화장실 – 배수구 청소 / 거울 닦기 / 수건 교체

– 2장. 가족과 함께 하는 공간 정리 –

혼자 사는 사람은 혼자만 정리하면 됩니다. 하지만 가족과 산다면? 혼자 정리해봤자 다시 어질러집니다. 가족 모두가 함께 정리하는 시스템을 만들어야 합니다.

아이도 할 수 있는 정리법

· 낮은 곳에 두기 – 아이 눈높이에 맞춰 배치

· 그림으로 라벨링 – 장난감 상자에 사진 붙이기

· 한 번에 하나씩
– "레고부터 상자에 넣자"처럼 구체적으로

21일 습관 만들기

· 1주차: 익숙해지기 – 힘들고 까먹음 (정상)

· 2주차: 리듬 타기 – 조금 익숙해짐

· 3주차: 자동화 – 생각 없이 몸이 움직임

매일 5분 × 365일 = 평생 깔끔한 집

작은 정리가 큰 변화를 만듭니다.

공간을 정리한다는 건, 결국 나를 정리하는 일입니다. 오랫동안 공간을 디자인하며 한 가지 사실을 배웠습니다. 집은 사람을 닮고, 사람은 다시 그 집을 닮아간다는 것입니다. 정돈된 공간은 생각을 단순하게 만들고, 정리된 물건들은 마음의 방향을 잡아줍니다.

오늘 5분이 내일을 바꿉니다

작은 변화는 거짓말을 하지 않습니다. 5분이 모여 10분이 되고, 10분이 모여 한 시간이 되고, 그렇게 집이 바뀝니다. 집이 바뀌면 마음이 바뀝니다. 마음이 바뀌면 삶이 바뀝니다.

여기까지 읽으셨다는 것은 이미 변화를 시작하셨다는 뜻입니다. 이제 책을 덮고 5분만 시간을 내세요.

작은 변화의 시작

오늘 당장 할 수 있는 3가지

· 5분 타이머를 맞추고 현관을 정리하세요

· 리모컨의 "집"을 만드세요

· 내일 아침 루틴을 정하세요

여러분의 새로운 집이 시작됩니다. 완벽하지 않아도 괜찮습니다. 정리는 한 번 하고 끝나는 게 아닙니다. 매일 조금씩 하는 것입니다. 실패해도 괜찮습니다. 내일 다시 시작하면 됩니다. 이 책과 함께 여러분의 집이, 여러분의 삶이, 조금씩 더 편안해지길 진심으로 바랍니다.

이 책과 함께한 여정을 축하합니다. 행복한 정리 되세요!

20년차 인테리어 디자이너

공간별 정리 체크리스트

이 체크리스트를 프린트해서 냉장고에 붙여두세요.
매주 또는 매달 체크하면서 사용하시면 됩니다.

공간	체크 항목
현관	☐ 바닥에 신발이 3켤레 이하
	☐ 외투를 걸 곳이 있음
	☐ 열쇠 바구니가 있음
거실	☐ 소파 위가 깔끔함
	☐ 리모컨 바구니가 있음
	☐ TV 뒤 선이 정리됨
주방	☐ 싱크대가 비어있음
	☐ 냉장고 유통기한 OK
	☐ 행주가 깨끗함
침실	☐ 침대가 정리됨
	☐ 전자기기가 없음
	☐ 바닥에 옷이 없음

저렴하고 효과적인 정리용품 추천

정리를 시작하는 분들을 위한 추천 목록입니다. 모두 1만 원 이하로 구매 가능합니다.

아이템	가격	용도
투명 정리함	1,000~3,000원	서랍 속 작은 물건 분류
바구니	2,000~5,000원	자주 쓰는 물건 모아두기
S자 후크	1,000원 (10개)	옷장, 주방 걸이 수납
라벨 스티커	1,000원	수납함 표시
스탠드 조명	10,000~20,000원	간접 조명으로 분위기 변화

정리 일지 템플릿

21일 동안 매일 기록하세요. 습관이 만들어집니다.

1일차 | 정리한 곳: _____ | 소요 시간: _____
느낀 점: _____

2일차 | 정리한 곳: _____ | 소요 시간: _____
느낀 점: _____

3일차 | 정리한 곳: _____ | 소요 시간: _____
 느낀 점: _____

4일차 | 정리한 곳: _____ | 소요 시간: _____
느낀 점: _____

5일차 | 정리한 곳: _____ | 소요 시간: _____
느낀 점: _____

6일차 | 정리한 곳: _____ | 소요 시간: _____
느낀 점: _____

7일차 | 정리한 곳: _____ | 소요 시간: _____
느낀 점: _____

월간 정리 캘린더

매달 언제 무엇을 정리할지 미리 정하세요.

- 첫째 주: 현관 + 신발장 정리 (30분)
- 둘째 주: 거실 + 소파 주변 정리 (30분)
- 셋째 주: 주방 + 냉장고 정리 (30분)
- 넷째 주: 침실 + 옷장 정리 (30분)

지구 소확행 출간 시리즈

지구 소확행 시리즈 P
- PPP
지랄발광 리트리버

지구 소확행 시리즈 S
- 흙 한 줌 없이 바질 농사

지구 소확행 시리즈 N (New Home)

집 리셋 프로젝트
- 따라만 하면 되는 쉬운 집정리 -

1쇄 발행 2025년 12월 15일
지은이 김숙희
펴낸이 김영경
펴낸곳 쑬딴스북
표지 디자인 이지선
인디자인 인지예

출판등록 제2021-000088호(2021년 6월 22일)
주소 경기도 파주시 탄현면 헤이리마을길 82-91 B동 202호
이메일 fuha22@naver.com

ISBN 979-11-94047-30-8